AF495639

EUGÈNE CRESSOT

POÉSIES NOUVELLES

PARIS

LIBRAIRIE D'ALPHONSE TARIDE

2, RUE DE MARENGO

1859

POÉSIES NOUVELLES

Ⓒ

Paris. — Typ. Vᵉ Lacour, rue Soufflot, 18.

EUGÈNE CRESSOT

POÉSIES NOUVELLES

PARIS
LIBRAIRIE D'ALPHONSE TARIDE
2, RUE DE MARENGO

1859
1858

Les oiseaux de passage.

CHANT DU NORD.

Les voilà qui s'en vont les oiseaux voyageurs.
Traversant les cieux gris, pleins de pâles lueurs,
    Ils quittent nos tristes rivages.
Leur chant plaintif se mêle aux pleurs de l'aquilon
Qui flagelle les bois et, dans le noir vallon,
    Au loin disperse les feuillages.

Dans les tilleuls en fleur, le long des frais sentiers,
Lorsque mai renaissant parait les églantiers,
    Rendant la vie à toute chose,
Sur les jeunes rameaux ils bâtissaient leurs nids,

Et, frémissant d'amour, sous les cieux infinis,
Ils chantaient jusqu'à la nuit close.

Et les pâles amants qui fuyaient dans les bois,
Portant au fond du cœur leur sombre rêverie,
Se consolaient, charmés par la plainte chérie
Que dans l'ombre exhalaient ces voix.

Ah! comme, sous les cieux, la nuit pure et sans voiles
Était splendide avec sa couronne d'étoiles!
Comme sur la mousse et le thym,
Sur le gazon épais, sur la fraîche aubépine,
Elle laissait tomber de sa robe divine
Ses pleurs que séchait le matin.

Mais, maintenant, les champs et les bois dans la brume
Sont noyés; seul, le feu que le vieux pâtre allume
Au rebord du sillon
De sa sombre clarté, lorsque sa main l'attise,
Flamboie à l'horizon et, soufflé par la bise,
Eclaire le vallon.

Et les oiseaux, en rangs serrés, passent rapides;
Ils se taisent, voyant à ces lueurs livides

La terre qui semble un tombeau;
Par delà l'Océan aux vagues orageuses
Ils vont chercher au loin ces terres bienheureuses
Où rayonne un soleil plus beau.

Pourquoi resteraient-ils sous cet horizon morne?
Le soleil s'est voilé dans l'espace sans borne,
Plus de fleurs aux aspects charmants.
La parure des champs est couverte de neige,
Et la grande forêt, sous le vent qui l'assiége,
Pousse de longs gémissements.

Que leur fait que le vent les fouette par rafale,
Et batte derrière eux cette terre natale
Qu'enveloppe la nuit?
Devant eux, sur le sombre abîme, un divin rêve
Les emporte, charmés, sans jamais qu'il s'achève,
Dans la tempête il luit.

Et Dieu n'a point trompé leur immense espérance;
Déchirés, subissant tout ce que la souffrance
Garde à ceux qui savent souffrir,
Dans des vallons dorés d'une chaude lumière,

Sur les rameaux en fleur d'une nouvelle terre,
    Ils voient un ciel pur resplendir.

Quand le malheur viendra sur ton front qui se penche,
Comme le vent d'hiver qui dépouille la branche,
Feuille à feuille arracher la joie avec l'espoir,
Et que tu sentiras ta paupière lassée
Se fermer, et la mort, avec sa main glacée,
    T'emporter sous l'horizon noir,

Homme, ne frémis pas! mais, sur l'abîme sombre
Qui s'étend sous tes pieds, océan rempli d'ombre,
Comme l'oiseau qui fuit, cherchant un nouveau ciel,
Va! par delà la tombe et l'apparence vaine,
Sous d'autres cieux, rayonne une terre lointaine
    Qu'éclaire un soleil éternel!

Le housard rouge.

Le laboureur, brisé par le travail et l'âge,
Est couché dans son lit, un grand chagrin l'abat;
Sa femme auprès de lui pleure, loin du village
Sont ses deux fils; l'un est valet, l'autre est soldat.

Les bœufs sont morts de faim, et le champ est stérile;
La ronce, le chardon le couvrent tout entier,
Où brillaient les blés d'or rampe le noir reptile,
Le pâtre pour passer cherche un autre sentier.

Voilà qu'un housard rouge entre dans la chaumière
Celui qu'on croyait mort et perdu pour jamais :
— Mon père, me voici ! ne pleurez plus, ma mère !
Je reviens près de vous ; Dieu nous donne la paix.

Puis jetant son dolman qu'ont déchiré les balles,
De son bras rude et fort il décroche du mur
La charrue, et, liant aux deux cornes égales
Son cheval noir, il court au champ, et d'un bras sûr,

A travers les chardons et la ronce sauvage,
Il enfonce le fer. Que lui fait que son sang
Coule, et que les serpents qu'éveille son passage
Redressent jusqu'à lui leurs fronts qu'il va brisant ?

Il creuse toujours droit ; puis, sa tâche finie,
Faisant un tas de tous ces informes débris,
Il en allume en plein soleil un incendie,
Et, calme et fier, s'asseoit sous les cieux infinis

Dans la forêt.

Ils passaient tous les deux en se donnant la main,
Puis, parfois, s'arrêtaient au milieu du chemin,
    Perdus dans la forêt profonde,
Pour écouter ces chants, mystérieux concerts,
Qui frémissent confus dans les feuillages verts,
    Et se mêlent au bruit de l'onde.

Blanche et blonde comme Ève était au premier jour,
Exhalant le parfum mystique et plein d'amour
D'un beau lis baigné de rosée,
Sur la mousse et le thym posant son pied charmant
Elle marchait rêveuse, un sourire d'enfant
Entr'ouvrait sa lèvre rosée.

Nul remords sur son front n'avait gravé son pli,
Nul songe ne l'avait jamais laissé pâli,
Quand elle regardait en elle,
Comme dans une source où l'étoile des cieux
Se reflète, jamais ne se troublaient ses yeux,
Rayons de son âme immortelle.

Et lui ne se lassait pas de la contempler.
Quelquefois cependant on pouvait voir trembler
Sa lèvre qui devenait pâle,
Et, comme une ombre effleure un lac au flot profond
Quand un nuage vient à passer, sur son front
Errait comme une ombre fatale.

Alors le regardant : — O mon unique amour,
Est-ce qu'autour de nous tout n'est pas en ce jour
Dans la nature ivresse et joie ?

Est-ce que dans les prés ne brillent pas les fleurs,
Est-ce que dans les bois, pleins de tièdes senteurs,
L'air doux que le ciel nous envoie,

N'apporte pas au cœur la sainte volupté
Que l'ange de l'amour, comme un rêve enchanté,
Répandit pour nous sur la terre,
Et que nous avons bue ainsi qu'un divin miel
Que l'abeille dorée, avec les pleurs du ciel,
Boit dans la rose printanière?

Et pourtant l'on dirait, tant se trouble parfois
Ton regard qui m'est doux, comme douce ta voix,
Que, bien loin de ta sœur qui t'aime,
Dans un monde maudit, quelque sombre démon
T'ait versé de sa main un froid et noir poison
Qui glace et fait ta lèvre blême.

Il ne répondit pas, mais serrant sur son cœur
La vierge au frais sourire, aux yeux pleins de douceur,
Rayonnant d'une sainte extase,
Oubliant qu'ici-bas tout songe à son réveil,
Que rien ne peut durer sous l'éternel soleil,
Que, dans le fond de chaque vase,

faut boire la honte et le remords amer,
Que, s'il nous est donné dans ce monde d'aimer,
Après vient le dégoût, la haine,
Fermant à la lumière et son âme et ses yeux,
Dans un baiser sans fin, de l'ivresse des cieux.
Il épuisa la coupe pleine.

Jamais depuis ce jour, dans le fond des grands bois,
On ne les vit passer, leurs baisers d'autrefois,
Quand le souffle de mai s'élève,
Ne retentissent plus sous le feuillage épais
Où tous les deux, couchés dans l'ombre et dans la paix,
Ils dorment bercés par leur rêve.

Si nous vivions au temps où, sur la jeune terre,
La jeune humanité dressait de blancs autels
A la beauté sacrée, et, dans le marbre austère,
Gardait de l'idéal les reflets éternels,

Aux artistes divins, enfants du vieil Homère,
Et dont la main sculpta ces types immortels,
Je laisserais le soin de faire à la lumière
Resplendir ton front pur aux regards des mortels.

Mais puisque, dans nos cieux, ne brille plus la flamme
Qui de sa clarté sainte illuminait leur âme,
Seul, je veux t'élever un temple radieux,

Plus que tout ici-bas, oui, plus que la mort même
L'amour est fort ; moi donc, le poète qui t'aime,
J'aurai la force, ayant un rayon de tes yeux.

Si les dieux chaque jour s'en vont dans la nuit sombre,
Si les rêves chéris dont on nous a bercés
Se sont évanouis, comme, lorsque fuit l'ombre,
Les astres, un à un, pâlissent, effacés,

Ne courbons point nos fronts, désespérés et mornes,
La terre suit toujours sa route dans le ciel;
Avec elle avançons dans l'espace sans bornes,
Nos rêves sont d'un jour, mais l'homme est immortel!

Immortel, que ce mot épouvante le lâche!
Le fort se réjouit de combattre toujours.
S'il demande parfois un répit à sa tâche,
La mort divine vient, qui lui donne secours :

Et, comme un voyageur lassé s'endort sans crainte,
En songeant au pays qu'il atteindra demain,
Son âme livre alors, sans pousser une plainte,
Son cadavre à la terre, et, suivant son chemin,

Enveloppée encor d'une forme nouvelle,
Ivre de l'infini qui l'attire toujours,
Pour aimer et savoir, radieuse et plus belle,
Par de nouveaux combats compte de nouveaux jours.

Les voix dans la forêt.

Las des vains bruits que fait la foule aux mille voix,
Le poète voulut, dans le calme des bois,
    Tout pleins de senteurs embaumées,
Rêver, comme autrefois dans lės taillis touffus,
Et s'enivrer longtemps des murmures confus
    Qu'on entend aux forêts aimées.

Il erra triste et seul à travers les halliers,
Laissant, sans y songer, la trace de ses pieds
Dans l'herbe haute et la bruyère;
Vers le soir il s'assit, lassé, près du flot pur
D'une source cachée, et regarda l'azur
Avec l'étoile solitaire.

Et son cœur qui cherchait, sous le feuillage épais,
L'oubli des jours passés et la divine paix,
Se remplit d'angoisses sans nombre.
Vers la source limpide où se baigne la fleur
Il inclina son front pour rafraîchir son cœur,
Puis se levant, il dit dans l'ombre :

O profonde forêt, tranquille, tu t'endors;
Mais mon âme est troublée ;
Elle ne penche pas sous le poids du remords,
Elle est inconsolée.

Chaque bruit que j'entends dans vos larges rameaux
Vieux chênes de la terre,
Chaque rayon divin que reflète tes eaux,
Fontaine fraîche et claire,

Fait dresser devant moi le fantôme chéri
De ma blonde jeunesse.
Quand l'espoir m'entraînait dans le vallon fleuri
Où tout est joie, ivresse;

Où la brise des nuits qui caresse le cœur
Fait chanter dans notre âme,
Comme dans vos rameaux, un chant plein de douceur,
O chênes, pour la femme!

Où chaque rayon d'or qui descend du ciel bleu,
Pendant la nuit sereine,
Vient réfléchir en nous la lumière de Dieu,
Comme dans toi, fontaine!

Maintenant mon ciel est devenu froid et noir,
Et l'ombre m'environne;
De mon front qui blanchit j'ai, bien avant le soir,
Arraché la couronne.

Pourquoi chanter encor, quand s'éteint la clarté
Sur la terre avilie,
Les hymmes d'autrefois pour la sainte beauté
Qu'on souille ou qu'on oublie?

Quand la pudeur sacrée et l'espoir et l'amour
Abandonnent la terre,
Quand, ô Dieu sans pitié, froides avant le jour,
Dans les bras de leur père,

On voit dans le tombeau qui ne les rendra pas,
Par la douleur brisées,
Comme les fleurs des champs que la faux jette à bas,
Les vierges déposées !

Quand, ceux qui, parmi nous, portent autour du front
L'auréole divine
Errent par les chemins et subissent l'affront
Sous la sanglante épine ;

Quand, sous les cieux muets, les martyrs, les proscrits,
Ceux qui morts se font craindre,
Et qu'il est défendu pendant nos jours maudits
De pleurer ou de plaindre,

Loin de ceux qu'ils aimaient, de leurs mères en pleurs,
Sur la terre étrangère,
Épuisent lentement la coupe des douleurs,
A Jésus même amère !

Non, que les chants plaintifs des forêts et des flots,
De toute la nature,
Non, que l'écho sans fin des pleurs et des sanglots,
O terre ingrate et dure!

Soient le seul hymne encor qui monte vers le ciel,
Car jamais le poète
N'élèvera sa voix vers le mal éternel,
Comme dans la tempête

Les noirs oiseaux, jetant sur les plages des mers
De grands cris pleins de joie,
Arrachent, en battant de l'aile, aux flots amers
Une sanglante proie.

LES AMANTS.

Nous avons, comme toi, passé dans ce chemin,
Souriant à la vie et nous donnant la main.
Comme toi, nous avons, poète,
Vu nos rêves chéris emportés par les vents,
Et nous avons pleuré lorsque, spectres vivants,
Nous errions dans l'ombre muette.

Mais que nous fait d'avoir senti nos cœurs brisés,
Que nous fait d'avoir vu nos longs baisers glacés,
Comme les feuilles sous le givre,
Si nous avons un jour, dans une coupe d'or,
Bu le miel parfumé dont il nous reste encor
Le souvenir qui nous enivre?

Ah! nous avons aimé, si nous avons souffert,
Sur nos fronts rayonnants le ciel s'est entr'ouvert,
Et maintenant, dans la nuit sombre,
Nous attendons le temps de l'éternel amour,
Et l'aube qui bientôt ramènera le jour
Qui pour jamais chassera l'ombre.

LES SOLDATS.

Nous avons, au bruit des tambours,
Au son mâle des clairons rauques,
Traînant ici nos canons lourds,
Passé dans les vieilles époques.
Nous déployions aux vents des cieux
Nos grands drapeaux victorieux

Mis en lambeaux par la mitraille.
Défendant les sillons sacrés,
Nous sommes tombés ignorés,
Mais rayonnants dans la bataille.

Et maintenant, dans ces sillons,
En serrant nos armes brisées,
Nous dormons au fond des vallons,
Sous le soleil et les rosées.
Nos fils ingrats heurtent nos os,
Et nous arrachent au repos
Avec le soc de leurs charrues.
Oubliant ceux qui ne sont plus,
Ils sifflent des airs inconnus,
En fauchant leurs moissons accrues.

Mais qu'importe l'oubli qui voile nos tombeaux?
Qu'importe que la froide pluie
Glace nos corps serrés dans leurs rudes manteaux,
Sans que l'aquilon les essuie?
Nous avons fait jaillir l'éclair comme le ciel,
Et, comme sans pitié va frappant l'Eternel,
Nous avons frappé sur la terre;
Et lorsque son archange éveillera les morts,

Nous savons que sa main, aux justes comme aux forts,
S'ouvrira toujours la première.

LES LABOUREURS.

En aiguillonnant nos bœufs roux,
Pour presser leur pas lent et doux,
Nous avons, dans ces hautes herbes,
Passé, comme toi, soucieux,
Quand l'orage, du haut des cieux,
Sans pitié dévorait nos gerbes.

En proie au morne désespoir,
Nous avons, sous l'horizon noir,
Vu l'eau, qui féconde la terre,
Emporter moissons et troupeaux,
Et nos enfants dans leurs berceaux.
Puis couvrir tout comme un suaire.

Maintenant nous dormons en paix,
Couchés sous le gazon épais,
Libres de fatigue et de peine,

Sans songer que nos durs labeurs
N'ont fait germer au fond des cœurs
Rien que l'ingratitude humaine.

Car bientôt, aux champs radieux
Où rayonne sous d'autres cieux
L'Espérance, vierge éternelle,
Nous irons, prenant notre essor,
Recueillir les beaux épis d'or
Qu'elle a fait mûrir sous son aile.

LA VISION.

Tu les entends, poète, aucun n'a blasphémé ;
Ils espèrent toujours : leur cœur tient renfermé,
Comme la fleur des nuits qui se clôt à l'aurore,
Une larme du ciel qui les fait vivre encore.
Ouvre comme eux ton âme au souffle de l'amour,
Car bientôt brilleront les rayons d'or du jour,

Bientôt résonneront, sous la verte feuillée,
Les chansons des oiseaux frémissant dans leurs nids,
Et vers le frais matin, la nature éveillée

Fera monter à Dieu ses hymnes infinis.
Si ton cœur fut brisé, frère, si l'espérance
Est retournée au ciel qui te semble fermé,
Et, si l'écho plaintif de l'humaine souffrance
Retentit dans ce cœur du fond du gouffre immense
Où fut jeté Satan, lui qui n'a point aimé ;

Est-ce que ce rayon qui dora ta jeunesse,
Ce rayon éternel qui caresse les morts,
Et les enivre encor d'une divine ivresse,
Et dans leur sein glacé verse de saints transports ;
Est-ce que ce rayon n'éclaire pas ton âme ?
Est-ce que, dans ta nuit, tu ne reflètes pas,
Comme une étoile errante, une divine flamme
Qui console l'amant et fait rêver la femme,
Et montre le chemin à qui marche ici-bas ?

N'as-tu pas autrefois, dans la forêt profonde,
Qui semblait pour toi seul dévoiler sa beauté,
Porté, loin des rumeurs et du trouble du monde,
Comme un premier amour, tout un rêve enchanté ?
N'as-tu pas, quand le vent passait dans les grands chênes,
Comme un clavier sonore ou bien comme l'airain,
Vibré, puis fait frémir dans les âmes humaines

Qui ployaient sous le poids des douleurs et des haines,
Une corde exhalant un murmure divin?

Relève donc ton front, que ce baiser d'amante
Ramène avec le jour le calme dans ton cœur.
Déjà l'aube sourit, l'étoile pâlissante
Jette un dernier rayon, comme moi c'est ta sœur.
La terre resplendit; sereine et reposée,
Elle livre au soleil son sein baigné de pleurs;
Je t'aime, souviens-toi; sur la blanche rosée
Je ne descendrai pas, n'étant jamais lassée,
Car je suis l'Espérance, et l'on m'appelle ailleurs.

Derniers rayons, derniers souffles pleins de douceur
Qui caressez la terre,
Pour l'endormir, comme un enfant que sur son cœur
Berce une jeune mère,

Aux champs féconds qui sont moissonnés, aux forêts
Dont les feuilles rougies
Vont bientôt se faner, vous donnerez la paix
Mais nous, tiges flétries

Au souffle sans pitié du désir furieux
N'aurons-nous point de trêve?
Toujours nous faudra-t-il, quand, perdu dans les cieux,
S'enfuira notre rêve,

A des rèves nouveaux, infinis, dévorants,
Et qui brûlent notre âme
Sans qu'elle soit jamais consumée aux torrents
De l'éternelle flamme,

Toujours nous faudra-t-il tendre nos bras lassés,
Et, pâles de souffrance,
Suivre en fermant les yeux aux souvenirs passés
L'implacable Espérance?

C'est l'éternelle loi du monde d'ici-bas!
Puisqu'elle est ainsi faite,
Subissons-la, marchons sans peur à ces combats,
Et dressons notre tête,

Comme ces monts géants qui se dressent dans l'air
Et, quand la foudre tombe,
Ont le front haut, et dans leurs flancs laissent l'éclair
Se creuser une tombe!

Le semeur.

Dépouillés et déjà noircis par les tempêtes,
Les grands bois, tristes et déserts,
Sentent, comme les morts, découronner leurs têtes
Et tomber leurs feuillages verts.

Plus de doux nids chanteurs dans l'épaisse ramure,
Plus d'amants sur l'herbe et les fleurs,
A cette heure on n'entend rien qu'un triste murmure,
Comme un sanglot mêlé de pleurs.

Cependant, s'avançant à grands pas dans la plaine,
Le laboureur silencieux
Jette au sillon le blé qu'il tient dans sa main pleine,
Puis parfois regarde les cieux.

Car il ne doute pas de ta force, ô nature !
Il verse dans ton sein sacré
Le grain qu'il a choisi parmi la moisson mûre,
Le plus pur et le plus doré !

Pour vous oublier et guérir ma peine
J'avais voulu fuir loin, bien loin de vous,
Mais mon cœur, toujours vers vous me ramène
Car, bien que mortel, mon mal est si doux!

Au fond des grands bois dans l'ombre profonde
Le cœur tout rempli du cher souvenir
De votre beauté, j'écoutais au monde
Les bois soupirer et le vent gémir.

Mais dans les soupirs des forêts ombreuses,
Dans le vent du soir passant sur les eaux,
Un parfum venant des rives heureuses
De vous m'apportait des songes nouveaux.

Et je suis venu pour briser encore
Mon âme à jamais malade d'amour,
Je veux, m'enivrant du mal qui dévore,
Aimer et souffrir jusqu'au dernier jour!

La fileuse.

Quenouille que je tiens à peine,
Compagne fidèle toujours,
File encore, la vieille Hélène
Tremblante et pliant sous la peine,
N'a que toi dans ses derniers jours !

Comme moi tu fus matinale
Quand l'espoir, prenant son essor,
Pourprait ma lèvre virginale,
Filant ma couche nuptiale,
Tous tes fils blonds me semblaient d'or.

J'étais alors belle et rieuse,
M'éveillant avec le soleil,
Toujours l'aurore radieuse
Entendait ma chanson joyeuse
Monter au ciel frais et vermeil.

Mais, sous l'herbe du cimetière,
J'ai vu coucher ceux que j'aimais,
Avec toi seule sur la terre,
Quenouille, j'ai fait le suaire
Des morts qu'on ne revoit jamais!

Oui, tout s'est enfui comme un songe,
Jeunesse, joie, amour, soleil!
O quenouille, était-ce un mensonge?
En te filant toujours j'y songe!
Aux cieux a-t-on rien de pareil?

Par la campagne désolée
Chassés hors des grands bois déserts,
Les loups hurlent; dans la vallée,
Par le vent du nord flagellée,
La neige tourne dans les airs.

Dans mon âtre noirci la flamme
Qui réchauffait ma vieille main
Est morte ; j'ai froid, pauvre femme,
Plus mort est au fond de mon âme
L'espoir que je ranime en vain !

C'est peut-être ma nuit dernière !
Auprès de moi je sens la mort !
Pour que je dorme sous la terre,
Vite, allons, filons mon suaire !
O quenouille, encore un effort !

Je ne peux, ma main est trop lasse.
Mes yeux d'un voile sont couverts,
Je suis clouée à cette place,
Ah ! faut-il que la mort me glace
Avant qu'aient fleuri les prés verts !

Les voix dans la cité.

On entendait gémir sous les ponts le grand fleuve.
La lune, lentement, comme une pâle veuve
Cherchant parmi les morts le corps froid d'un époux,
Errait le front voilé dans l'espace sans borne,
Et sur les quais déserts jetait sa lueur morne.
Le poète marchait d'un pas tranquille et doux.

Il marchait en rêvant des choses inconnues.
Le vent d'orage qui vers l'est chassait les nues,
Dispersant sans pitié le feuillage jauni,
Le bruit des chariots sur le pavé sonore,

Et le cri des soldats veillant jusqu'à l'aurore.
Rien ne troublait son rêve errant dans l'infini.

Mais quand les visions qu'adora sa jeunesse
Lui souriant encor passaient avec tristesse,
Alors les bras tendus et les yeux pleins de pleurs,
Ivre de souvenirs, d'amour et de souffrance,
Pour garder dans son cœur l'éternelle espérance,
Il suivait éperdu ces fantômes menteurs.

Et ceux-ci l'emportaient, comme l'Océan roule
Un navire aux flancs noirs emporté par la houle,
Qnand le vent s'est levé de l'immense horizon,
Et que les naufragés des anciennes tempêtes,
Troublant les matelots, dressent leurs pâles têtes,
Et dans la sombre nuit égarent leur raison.

Quand il se trouva hors de la cité vivante,
Comme le matelot sauvé de la tourmente
Qui s'asseoit sur un roc hors des flots furieux,
Sans pâlir, il jeta dans le fond de son âme,
Où lentement brûlait une divine flamme,
Son regard, puis sans crainte au ciel leva ses yeux.

Tout à coup dans la nuit des rires retentissent;
Comme de faux accords d'instruments qui frémissent
De bizarres rumeurs éclatent dans les airs;
Les chats-huants, mêlant leurs sifflements étranges
Aux pleurs du vent, s'en vont comme de mauvais anges,
Attirés par le bruit de ces sombres concerts.

VOIX D'HOMMES.

Venez tous, venez, vous qui sentez votre sang
Battre à rompre vos veines,
Vous que le désir brûle et dont le bras puissant
Veut secouer ses chaînes!

Vous qui voulez avoir, sans verser vos sueurs
Sur la terre profonde,
Les fruits vermeils, les blés d'or et les belles fleurs,
Tous les trésors du monde!

Puisque, semblable aux flots troublés de l'Océan,
L'homme un moment s'élève,
Puis retombe perdu dans le sein du néant,
Comme fait un vain rêve,

Puisque tout s'éteindra, le radieux soleil,
Les étoiles sans nombre,
Et puisque enfin la nuit qui n'a point de réveil
Prendra tout dans son ombre,

De l'éclat des flambeaux, des parfums énervants
Que répandent les roses
Enivrons-nous, noyons dans les vins écumants
Les tristesses moroses !

Des filles aux bras blancs, aux longs cheveux dorés,
Dont l'étreinte dévore,
Jouissons, leurs baisers à nos sens altérés
Cacheront mieux l'aurore !

Le ciel est vide, et l'homme, enfant du temps nouveau,
N'a pas besoin de suivre
Tous ces pâles rêveurs au débile cerveau
Qu'un long mensonge enivre.

Laissons ces insensés s'abreuver de sanglots,
Et raillons leur folie,
Du vin que la nature épanche à larges flots
Ils n'ont bu que la lie !

Epuisons donc la vie! à quoi bon répéter
Qu'il est une loi sainte?
La seule loi du monde est qu'il faut rejeter
La justice et la crainte!

A nous le fer et l'or! l'or surtout, le seul Dieu
Qui soit palpable et vive,
Son éclat vaut bien mieux que l'éclat du ciel bleu,
Plein de lumière vive!

L'imbécile vertu s'achète, si les fous
Nous appellent infâmes,
Rions, et montrons-leur couchés à nos genoux
Les hommes et les femmes!

VOIX DE FEMMES.

Accourez! Dans la nuit tous les bruits ont cessé,
Hors le vent seul qui pleure.
Que celui dont le corps au travail s'est lassé
Aille dormir, c'est l'heure!

Que l'insensé qui va triste et seul sous les cieux
Aime une pâle étoile,

Nous serons à celui dont le bras saura mieux
Arracher notre voile!

Car nous ne rêvons pas des amours éternels,
Dans ce monde éphémère
L'idéal est mensonge, et les seuls biens réels
Sont les biens de la terre!

Recueillons en secret les poisons corrupteurs ;
Dans les âmes humaines,
Éveillons cet amour qui fait lâches les cœurs,
Pour être souveraines.

A ces hommes, enfants dégénérés de ceux
Qui conquirent le monde,
Dans nos baisers versons les désirs furieux
De la débauche immonde!

Ils seront mieux à nous, et les fils qui naîtront,
Race pâle et servile,
Ne nous feront jamais du moins monter au front
La honte indélébile!

A l'œuvre, à l'œuvre donc ! un invincible attrait
Qui nous vient des ténèbres
Irrite nos désirs, épuisons d'un seul trait
Tous nos philtres funèbres !

Car peut-être demain notre fleur de beauté,
Enivrante et fatale,
Pour toujours tombera sous le fer détesté
De la Faucheuse pâle !

LE POÈTE.

Est-ce un rêve, ô mon âme? est-ce qu'un lourd sommeil
Appesantit mes yeux, ou bien suis-je pareil
A ceux que le vertige enlace,
Et qui s'en vont errer dans l'abîme sans fond
Dont nul n'est revenu sans avoir sur son front
Ce sceau fatal que rien n'efface ?

Mais non ! c'est bien le vent qui gémit dans la nuit !
Ce que j'entends, c'est bien le rire, le vain bruit
De ceux qui du ciel pur ont perdu la lumière.
Dieu s'est retiré d'eux, et déjà sur la terre

Avant que le linceul les tienne dans ses plis
L'anathème éternel trouble leurs fronts pâlis.

Puisque rien n'a germé dans ces fanges humaines
Au souffle sacré de l'amour,
Puisque l'on entend seuls, comme de noirs phalènes
Qui, la nuit, par les bois, s'agitent dans les chênes,
Ces maudits qui craignent le jour,

Puisque, le front courbé sur la terre avilie,
Et, cherchant la lumière en bas,
Ils adorent le mal, demandant, ô folie!
Le fruit de la science, et non celui de vie
Au chemin que foulent leurs pas.

J'irai seul, ô Seigneur, loin de la race immonde,
Au désert rayonne la paix.
La nature a caché hors des rumeurs du monde,
Comme la source pure en la forêt profonde,
Ce qu'ils ne souilleront jamais!

Sur les pavés, encor tout fumants, de la ville,
Où suinte un sang mal essuyé,
Aux marches des palais où la guerre civile

A laissé sa souillure et son empreinte vile,
Dans ce sang glisserait mon pied !

Mais la sainte nature, où Dieu se montre encore,
M'enivrera de ses senteurs,
Et l'air doux et divin que la lumière dore
Chassera de mon sein la haine quand l'aurore
De la nuit sèchera les pleurs !

Là, mon cœur, tu pourras, oubliant cette terre,
Comme les parfums des autels,
Comme le chant des mers, ou comme la lumière
Qui retourne limpide à sa source première,
Monter jusqu'aux cieux éternels !

Mais puisque vous avez, maudits, troublé mon âme,
Que l'archange au glaive de feu
Vous abatte; la nuit dans son sein vous réclame !
Que vos corps soient tordus par le fer et la flamme;
Que ceux qui viendront en ce lieu

Vous demandent en vain à la morne vallée,
Aux débris tout noircis des tours,

Et que, seul, le grand fleuve à la voix désolée
Répète, en gémissant, sous la voûte étoilée :
— Ils sont passés, et pour toujours!

LA VISION.

Tu veux, laissant à Dieu cette foule éperdue,
Et jetant au départ, pour ton dernier adieu,
Ta malédiction sur son front étendue,
Qu'elle soit, sans merci, livrée au fer, au feu.
Frère, demeure ici! ces voix qui retentissent,
Et dans sa paix profonde ont pu troubler ton cœur,
Au jour nouveau qui vient déjà s'évanouissent,
Comme ces rêves vains qui le matin pâlissent,
Quand des cieux infinis s'allume la splendeur.

Tout le temps que le mal fut vainqueur sur la terre,
Et qu'un nuage lourd, comme un sombre linceul,
Enveloppa le monde et voila la lumière,
Pour se conserver pur, ton cœur dut rester seul.
Mais maintenant, ô frère, il faut rompre ta chaîne,
Au feu du ciel il faut rallumer ton flambeau,
Et, chassant loin de toi le doute avec la haine,

Le premier, parmi tous, de l'espérance humaine,
Avec ta main briser la pierre du tombeau.

Et tous ceux qui s'en vont désespérés dans l'ombre
Relèveront leur front vers l'Orient vermeil,
Et, saluant de loin les nouveaux jours sans nombre,
Chanteront l'hosanna du monde à son réveil.
Leurs voix étoufferont les rires, les blasphèmes.
La tienne éveillera leur hymne radieux.
Ne jette pas au vent, les souillant d'anathèmes,
Tes chants; les chants maudits, va, se tairont d'eux-mêmes
Quand l'espoir éternel brillera dans les cieux!

Poète, reviens donc! Je suis la vierge sainte
Qui, dans un jour béni, déposa sur ton front
Ce baiser que jamais le remords et la crainte
N'ont flétri, ni mêlé d'un terrestre poison!
Vois, mes cheveux sont ceints d'étoiles immortelles.
Sur la terre ma main sème les épis d'or.
Sous mes pas vont fleurir les roses les plus belles;
Avant que je remonte aux sphères éternelles
Reçois ce baiser pur, adieu, je t'aime encor!

Dernier amour.

Vierge au front pur et doux couronné de cyprès,
Dont le regard voilé rayonne
Une pâle clarté, comme au fond des forêts,
La lune dans les nuits d'automne.

Je t'aime, ah, viens! mon cœur en proie au doute amer,
Mon cœur que j'ai fait solitaire,
Sent le feu qu'il croyait éteint se rallumer,
Viens, sois ma maîtresse dernière!

Dans ce chemin obscur où j'ai suivi tes pas,
Avec toi seule je veux vivre;

C'est l'oubli qu'il me faut; tes baisers, n'est-ce pas,
Versent l'oubli qui nous délivre?

Si tu veux le repos et l'éternelle paix,
Viens avec moi, là-bas, sous ces chênes épais,
Où l'ombre est encor plus profonde.
Là, je t'endormirai sur mon sein, et ton cœur
Dans un baiser sans fin goûtera la douceur
D'une paix qu'on n'a point au monde.

Je ne suis pas ce spectre au front morne et glacé,
Que les pâles humains, dans un rêve insensé,
Ont cru voir passer sur la route.
Ma main lève le voile et ne l'abaisse pas,
Et lorsque je saisis l'un d'eux entre mes bras,
De son cœur troublé fuit le doute.

Les filles des mortels t'ont donné leur amour,
Te jurant qu'il serait éternel, mais un jour
N'as-tu pas senti dans ton âme,
De l'antique serpent qui se cache en leur sein,
La froide dent soudain te mordre, et son venin
La dévorer comme la flamme?

Sous un ciel qui jamais ne change, sur des bords
Que ne troublent jamais les noirs pleurs du remords,
Comme dans ce monde éphémère,
Moi, je t'enivrerai de cet amour divin,
Qui, lui seul, est la vie, et fait le front serein
A ceux qui dorment sous la terre !

Celui qui vous a vue une fois, douce blonde,
A jamais garde en lui votre cher souvenir,
Pour son âme il n'est plus que vous seule en ce monde,
Tout son passé s'efface et s'ouvre à l'avenir.

Lorsque la nuit descend sur la terre profonde,
Et que les derniers bruits dans l'ombre vont finir,
Vous brillez dans son cœur, comme brille dans l'onde,
L'étoile de Vénus, pur et divin saphir.

Votre regard guérit sa tristesse inquiète;
Et, comme au doux printemps la voix de la fauvette,
Ramène dans les bois la vie avec l'amour,

Votre voix dans son sein ramène l'espérance;
Il sent toute douleur s'enfuir sans nul retour,
O fleur dont le parfum charme toute souffrance!

Vision.

Hier dans mon esprit un rêve est apparu,
Tout ce que dans son sein le passé disparu
    Emporta sous la noire terre,
Tout ce qui fut jamais vivant sous le soleil,
Se dressa devant moi, comme dans le sommeil,
    Se dresse une forme éphémère.

Poètes et martyrs, héros, législateurs,
Tous ceux dont le beau front fut couronné de fleurs,
    De lauriers verts ou bien de chênes,
Semblables aux oiseaux que le souffle du nord

Chasse loin des pays où va régner la mort,
    Glacés par les froides haleines,

Passaient tout éperdus sous le sombre horizon,
Si nombreux que jamais mon étroite raison
    N'aurait pu retenir leur nombre,
Et je me demandais pourquoi, pâles, muets,
Les vivants d'autrefois de leurs yeux inquiets
    Versaient des pleurs à travers l'ombre.

Je vis le grand César au front chauve et pâli,
De sa pourpre romaine il rejetait le pli
    Et, de sa flamboyante épée,
Autour de lui faisant étinceler l'éclair,
Comme un Dieu foudroyant, il l'agitait dans l'air
    De sang libre toute trempée.

Souillant le Capitole et la louve d'airain,
Il gravait sans remords de son pied souverain
    L'empreinte qui se voit encore,
Puis, poussant devant lui tous ses soldats vainqueurs,
Sur les peuples muets promenait leurs fureurs,
    De l'occident jusqu'à l'aurore.

Depuis ce jour maudit, sur le monde tremblant,
Le spectre tient levé son glaive tout sanglant,
Les peuples adorent cette ombre ;
Et, le front ceint de fleurs et défiant les cieux,
L'ombre, comme d'un chant pur et mélodieux,
S'enivre de sanglots sans nombre.

Comme une fleur de Dieu qu'avril a fait éclore,
Votre jeune sourire exhale un frais parfum,
Et votre œil bleu si doux, sous votre long cil brun,
Charme comme un rayon de la naissante aurore.

Le poète qui va loin du monde importun,
Recherchant l'idéal que son cœur rêve encore,
Détournait son regard de la foule où chacun
Faisait fuir, éperdu, le songe qu'il adore.

Mais, ce rayon divin qu'il demandait au ciel,
Il l'a trouvé brillant dans le monde réel,
Dans votre œil qui rayonne une pure lumière.

Ce dictame qui, seul, peut ranimer son cœur,
Quand, même après, la mort glacerait sa paupière,
Il veut le respirer sur votre lèvre en fleur.

La faucheuse.

La sentez-vous dans l'air la faucheuse éternelle,
La vierge sans regard au front morne et voilé?
Comme un oiseau de nuit, dans le ciel étoilé,
Elle plane, étendant sur nous tous sa grande aile.

Nul ne sait de quel monde elle vient, nul ne sait
Dans quel monde elle va, car tous ceux qu'elle emmène
Ne reviennent jamais parmi la race humaine
Dire à ceux qu'ils aimaient sous quels cieux on renaît.

Comme une louve errant l'hiver par la campagne,
Traînant ses maigres flancs jamais rassasiés,
Partout où nous laissons l'empreinte de nos pieds
Sans cesse, comme l'ombre, elle nous accompagne.

La vierge au doux regard, rougissante d'amour,
Sourit avec bonheur, sous sa couronne blanche,
Mais le spectre muet sur la vierge se penche,
Et dans ses bras l'emporte avant la fin du jour.

Le poète inspiré, le soldat au cœur mâle,
Fondant, l'un par le verbe, et l'autre par le fer,
Avant leur œuvre fait, inclinent leur front fier
Sous le souffle empesté de sa lèvre fatale.

Aussi, qui que tu sois, qui veilles dans l'attente
Des rêves que ton cœur désire avec transport,
A l'heure qu'elle veut, de cette froide amante
Il faudra que ta bouche ait le baiser qui mord!

Il te faudra subir son invincible étreinte,
Sentir son sein glacé se poser sur ton cœur.
Son amour est le seul qui résiste à l'atteinte
Du temps qui des amours de ce monde est vainqueur!

Lorsque, sur la terre vermeille,
Avril joyeux rayonne encor,
Dans les champs diaprés, l'abeille
A la jeune fleur qui s'éveille
Demande son miel, blond trésor.

La fleur qui sait que la rosée
Lui versera les pleurs du ciel,
Laisse l'abeille reposée

Boire en sa corolle rosée
Une goutte d'or de son miel.

Lorsque la terre se réveille,
Laisse sur ta lèvre, ô ma fleur,
Le poète errant, pauvre abeille,
Boire, ivresse à nulle pareille,
L'amour, ce miel pur de ton cœur !

Tous les bruits que faisait la ville sous les cieux
Ont cessé, par instant seul et silencieux
Quelque hibou vole dans l'ombre.
Comme de noirs géants en bataille placés,
Les deux rangs des maisons muettes, entassés,
Dressent leurs bruns profils sans nombre.

La Débauche à l'œil terne, errante au coin du mur,
Est rentrée à pas lents dans son repaire impur

Pour s'endormir pâle et brisée ;
La Pudeur au doux front, et l'austère Devoir,
Et le Travail sacré qui marche jusqu'au soir
Ferment leur paupière lassée.

Aucun chant, aucun cri ; seulement, dans les tours,
L'airain que l'homme a fait pour mesurer ses jours
Dans l'air obscur tinte chaque heure ;
Et, sous les ponts, la Seine en heurtant les piliers
Roule vers l'Océan ses flots multipliés,
Puis avec le vent des mers pleure.

Mais dans le ciel rayonne une étoile au front d'or,
Au fond du temple saint la lampe brûle encor,
Le sage courbé pense ou rêve.
Sur la terre gardant l'éternelle clarté,
Nature, amour, esprit, mystique trinité,
Veillez sur tous sans paix ni trêve !

Champ de bataille.

Ils sont donc couchés là, ces hommes au front fier
Qui dévoraient la terre,
Et semblaient défier en agitant le fer
Le ciel plein de lumière!

Le temps a fait un pas, et tous ceux qu'on a vus
Pleins d'orgueil et de haine,
Dans le même linceul maintenant confondus
Pourrissent dans la plaine!

Seul au sein de l'éther le soleil radieux,
Rayonnant sur le monde,
Dédaigneux de ces morts, répand à flots des cieux
La chaleur qui féconde.

Et, creusant son sillon du matin jusqu'au soir
Dans ce large ossuaire,
Le laboureur n'a dans son cœur qu'un seul espoir,
Voir verdir ce suaire.

Passant dans la forêt, comme y passe le rêve
        Du premier amour envolé,
Qui donc es-tu, réponds, toi qui, blonde comme Eve,
        As le regard doux et voilé?

Ta lèvre est souriante, et ton beau front, ô femme,
        Rayonne une blanche lueur!
Seulement à te voir, on sent au fond de l'âme
        Moins amère toute douleur.

Tes pieds ne laissent pas de trace sur la terre,
Ah! sans doute tu viens du ciel,
Ou, près de Dieu tu vis dans la mystique sphère,
Au sein de l'amour éternel.

Mon âme est loin de vous, elle est loin de la terre,
Aucun espoir menteur
Ne vient troubler mon sein, je suis la vierge austère,
La divine candeur.

J'étais redescendue encore en la vallée
Des hauteurs du ciel bleu,
J'y remonte, et je vais m'asseoir, toute troublée,
A côté de mon Dieu.

Là, je veux oublier tous vos rêves étranges,
Dans le sein de l'amour
Que versent aux cœurs purs les hymnes saints des anges
Jusques au dernier jour.

Versez du sang avec des larmes;
Si la peste a fui, que les armes
Fassent leur office cruel;
Les corbeaux ont faim, et les plaines
Où germent les moissons prochaines
Ne veulent plus de l'eau du ciel

Car il faut un nouveau baptême
A la race au visage blême
Qui traîne ses pas chancelants,
Et, pour que, sous un ciel propice,
La race des forts reverdisse
Il faut des orages sanglants.

Mai qui nous avait leurré
Enfin nous a délivré
    De ses pluies,
Juin nous verse un chaud soleil
Paris, pays sans pareil,
    Tu m'ennuies !

Allons aux prés, mon amour,
Voici que brille un beau jour,
    La lumière

Vient baiser les fleurs des champs,
Offre-lui tes yeux charmants
La première.

Vois comme les bois sont verts!
Qui dirait que des hivers
La froidure
Ait fait déserts leurs abris,
Tant ils versent aux doux nids
D'ombre obscure?

Sur la mousse et sur les fleurs
Viens, oh! les temps sont meilleurs
Pour la vie;
Fuyons par les bois épais,
Loin des regards inquiets
De l'envie!

Baisant ton sein, tes bras nus
Comme étaient ceux de Vénus
Ou ceux d'Ève,
Je veux mes blondes amours
Me bercer longtemps, toujours
Dans mon rêve!

Quand le crime vainqueur par surprise a lié
La vérité, la foi, la justice sacrée,
Et que, l'œuvre accompli, sous sa main exécrée
Les lâches ont courbé leurs fronts vils sous son pied,

Alors viennent des temps pleins d'angoisses et d'ombre,
Les cieux âpres et durs refusent leur lueur
Au monde, dans les champs ne germe aucune fleur,
Aucune étoile d'or ne perce la nuit sombre.

On dirait que tout est mort, et qu'après le jour
Que Jean vit à Pathmos dans ses rêves de flamme,
La vieille terre avec ses Dieux ait rendu l'âme,
Et loin de son soleil erre sans nul retour.

Tendant en vain leurs bras dans l'espace sans borne
Pour presser sur leur cœur l'espérance qui fuit,
Les héros et les forts, dans la profonde nuit,
Terrassés sans combat, abaissent leur front morne.

Ceux dont l'âme n'est pas faite de fer ou d'or
A leur lèvre pâlie offrent la coupe immonde
Des lâches voluptés, une ivresse profonde
Comme à des condamnés vient leur voiler la mort.

Alors des voix qui sont sans nom sur cette terre
S'élèvent des lieux bas et traversent les airs,
Faisant avec le vent de lugubres concerts
Elles forcent la voix du poète à se taire.

Et l'ombre dans les cieux devient plus grande encor,
Et partout l'on n'entend que rires, que blasphèmes,
Mais enfin, lassé, Dieu jette ses anathèmes,
Et l'archange vengeur d'en haut prend son essor.

Nous sommes à la fin de cette nuit obscure,
Regardez dans les cieux, déjà brille l'éclair,
C'est l'archange qui fait étinceler dans l'air
Le glaive dont il va frapper la race impure.

Et tous ceux que l'on voit de leur rire moqueur,
Insulter, le front haut, la divine lumière
Tomberont foudroyés dans la rouge poussière
Où l'éternel serpent leur rongera le cœur.

Rien ne restera d'eux sur la terre féconde,
Leur souvenir sera comme un rêve maudit,
Et, sous les cieux, au temps par les sages prédit,
Amour et liberté brilleront sur le monde.

Mai.

Le ciel, comme aujourd'hui, rayonnait de lumière,
Le vent tiède de mai faisait courir dans l'air
Tous les parfums des fleurs qui montaient de la terre,
Et les chants des oiseaux éclataient en concert.

Dans les tours de l'église on entendait bruire
Les cloches dont le son s'élançait radieux,
Et dans un hymne saint le monde semblait dire
La prière d'amour qui montait vers les cieux.

Ah ! dans mon cœur, alors toute cette prière
N'était rien que pour toi, femme aux yeux noirs si doux !
Mon âme, fleur de Dieu, s'ouvrait à leur lumière,
Et si, parmi la foule, ont plié mes genoux,

C'était pour t'adorer ! Sous ta paupière blonde
Brûlait le feu sacré qui dévorait mon cœur,
Je ne pensais à rien qu'à toi seule, en ce monde,
Ton sourire faisait ma joie ou ma douleur !

Le temps qui, sans remords, emporte toutes choses
Me ramène ici seul, mais celle que j'aimais,
Quand le souffle de mai fait refleurir les roses,
Pour enchanter mon cœur ne reviendra jamais !

Jamais ! c'est donc la loi de toute créature !
Amour, joie ou douleur, bonheur faux ou réel,
Tu nous les prends sans haine, implacable nature,
Et rien ne peut demeurer sous ton ciel éternel !

Fleur éclose au matin au pays du soleil,
Vous fûtes en naissant baptisée à sa flamme;
Votre parfum est doux, mais au fond de votre âme
Brûle un feu qui parfois rend votre front vermeil.

Votre jeune sourire, à nul autre pareil,
Verse au cœur fatigué de vivre un pur dictame;
Vous charmez comme un songe, on demande au réveil
Si vous venez du ciel ou si vous êtes femme.

Le poète qui va, par son rêve agité,
Recherchant l'idéal dans la réalité,
Qu'un fil mystérieux l'un à l'autre relie,

Voit seul parmi la foule, en ce monde mortel,
Quand luit votre regard, étoile d'Italie,
Un rayon émané de l'amour éternel.

Les voix dans la vallée.

> Qui ambulabat in tenebris vidit lucem magnam : habitantibus in regione umbræ mortis lux orta est eis.
>
> ISAIE, cap. IX, 2.

Le dernier laboureur abandonne la plaine,
Et l'on n'entend plus rien que la plaintive haleine
Du vent d'automne qui gémit.
La profonde forêt, par le brouillard voilée,
De ses feuilles au loin parsème la vallée,
Et comme un squelette frémit.

Seule, le dos courbé, quelque vieille attardée
En s'en allant ramasser avec sa main ridée
Un dernier morceau de bois mort.
A l'horizon étroit bientôt elle s'efface.

D'aucun être vivant l'on ne voit plus la trace.
Excepté le vent, tout s'endort.

Dans la vallée, au bout de la plaine déserte,
Qui donc s'avance seul, et, sur l'herbe encor verte,
Va tomber pâle et harassé,
Et ne semble pas voir que bientôt la nuit sombre,
Qui descend lentement, couvrira de son ombre
Le chemin à peine tracé?

Est-ce quelque soldat qui rentre de la guerre,
Ou quelque mendiant qui rôde par la terre
Avec un bâton et pieds nus,
Ou quelque voyageur qui revient et qui doute
S'il ne trouvera pas, après sa longue route,
Au lieu des siens des inconnus?

LE POÈTE.

Vents plaintifs qui soufflez sur la jaune bruyère,
Et chassez les beaux jours,
Bercez celui qui va, sous cette noire terre,
S'endormir pour toujours!

Autrefois il cherchait les brises parfumées,
Et l'éclat du soleil,
Les chansons des oiseaux et les voix bien-aimées
Du monde à son réveil.

Son âme débordant et d'amour et d'extase
S'ouvrait comme la fleur,
Prodiguant ses parfums, emplissant chaque vase
D'une céleste odeur.

Il aimait. Maintenant le doute avec la haine
Habitent en son sein,
Il n'a plus dans son cœur pour toute fange humaine
Que colère ou dédain.

L'amour s'enfuit et pour les cieux quitte la terre.
La beauté, la pudeur,
La sainte vérité, la vierge au regard austère,
La divine candeur

Voient leurs autels sacrés tomber dans la poussière,
Et le monde hébété,
Troupeau vil, détourner ses yeux de la lumière,
Ivre de lâcheté.

Et toi, qui m'as aimé d'un amour sans mélange,
Vierge au front doux et pur,
Toi, dont les cheveux d'or, comme ceux de l'archange,
Rayonnaient dans l'azur,

Ton beau front n'est plus ceint de divines étoiles,
Tes yeux, remplis de pleurs,
Sont ternis, et ta main les couvre de tes voiles
Pour cacher tes douleurs !

Comme Rachel pleurant dans la noire vallée
Ses fils qui ne sont plus,
Toi, tu pleures aussi, plaintive et désolée,
Tous nos frères perdus !

Ah ! combien sont partis pour le rivage sombre,
Des meilleurs, des plus forts ;
La froide nuit descend et vient tout couvrir d'ombre,
Heureux, heureux les morts !

Car ceux qui sont restés errent sur cette terre,
En proie aux vils affronts,
Les uns, battus des vents sur la rive étrangère,
Courbant leurs pâles fronts,

Les autres, déchirés par l'épine sanglante
Et forcés de subir
La crapule qui, comme une meute hurlante,
Crie : à nous l'avenir!

O terre, reçois-moi! vents, soufflez! neige, tombe!
Épaissis ton linceul,
Pour qu'on ne sache pas où se trouve la tombe
Où je veux dormir seul!

Je ne demande rien, ni larmes ni prières,
Viens, éternel oubli!
Viens, enveloppe-moi de ton large suaire,
Et que tout soit fini!

PREMIÈRE VOIX.

Tu maudis la sainte lumière,
Ah! tes lèvres ont blasphémé,
Ta peine sans doute est amère;
Mais, si tu marches solitaire,
Autrefois n'as-tu pas aimé?

Dans cette forêt gémissante,
Sur l'herbe et sur les fraîches fleurs,
N'as-tu pas, d'une blonde amante,
Sous tes caresses pâlissante,
De ta bouche séché les pleurs?

Frère, ces jours peuvent renaître,
Et cependant tu veux mourir;
C'est un mal affreux de connaître;
Mais, si la douleur est un maître,
Moi, j'emporte le souvenir.

Viens donc avec moi, car je t'aime!
Loin de ce vallon désolé,
Une terre, non plus la même,
Nous ouvre un refuge suprême
Sous un beau ciel tout étoilé!

Près du bord fleuri des fontaines,
Sur la mousse verte et le thym,
T'enivrant de tièdes haleines,
Te berçant aux chansons lointaines
Des oiseaux vers le frais matin,

Sur mon jeune cœur plein de flamme,
Avec mes doux baisers de miel,
Ah ! je veux te donner mon âme,
Et dans mes caresses de femme
Plus d'amour qu'on n'en donne au ciel.

Et si tu veux mourir, ô frère,
Dans un dernier baiser sans fin,
Dans une éternelle prière,
Fermant tes yeux à la lumière,
Je t'endormirai sur mon sein.

SECONDE VOIX.

Quoi ! tes premiers pas dans la vie
Rendent ton corps faible abattu,
Quand pour les biens que l'homme envie
Tu n'as pas encor combattu !
Quel lait donc a suçé ta bouche,
Puisque tu demandes la couche
Où l'on dort l'éternel sommeil,
Et que tu sens ta force éteinte,
Quand l'aquilon jette sa plainte
Et que s'est voilé le soleil ?

Va boire à la dure mamelle
De la froide réalité,
De l'illusion éternelle
Chasse au loin le rêve agité !
Sous les cieux la terre féconde
S'étend au loin, mets sur le monde
De ton pied l'empreinte d'airain,
La pâle humanité réclame
Pour donner son sang et son âme
Du fort le mépris souverain !

Relève-toi! d'un pas rapide
Viens avec moi, voici ma main.
Tu la trouves froide et livide,
Mais elle sait le vrai chemin.
Laisse cette sombre vallée !
Viens dans la foule rassemblée,
Avec le fer tu prendras l'or.
Tu feras pâlir la tempête,
Et je couronnerai ta tête.
Lève-toi donc, et vis encor !

LA VISION.

A travers le brouillard qui s'étend sur la terre,
Et le vent qui gémit, j'ai reconnu ta voix ;
Comme toi, frère, aussi je pleurais, solitaire,
Sur nos frères errant ou vivant autrefois ;
Mais Dieu veut que mes pleurs sèchent sous ma paupière,
Car à ceux qui sont morts il a donné la paix.
Il ne faut pas baigner de larmes leur poussière,
Restes vains, recouverts de gazon funéraire,
Dans les étoiles d'or leur âme aime à jamais.

Mais à ceux qui s'en vont tristes, mornes, sans nombre,
A ceux que le malheur fait pâles et glacés,
Frère, tendons la main ; Dieu saura chasser l'ombre,
Et rendra l'espérance à leurs désirs lassés.
N'écoute pas ces voix, vision éphémère,
Qui viennent te parler d'ambition, d'amour.
Plus que la mort ici toute femme est amère,
Et celui dont le bras veut commander sur terre,
Dans la boue et le sang se plonge sans retour.

N'écoute que ma voix, ah ! tu sais si je t'aime !
Dans la verte forêt, au bord des fraîches eaux,

Dans le bruit des cités, à chaque instant suprême,
Avec mon baiser pur, j'ai consolé tes maux.
Je te le donne encor de ma lèvre pâlie,
Plus pur et plus sacré qu'aux heures d'autrefois.
De ta sainte douleur je veux boire la lie,
Et même avec mon sang expier la folie
Du noir chagrin qui m'a fait pleurer tant de fois!

Redresse-toi donc, mon poète!
Vers le ciel relève ton front!
L'œuvre, du sang de ton cœur faite,
Vivra malgré tout vil affront!
Saisis la harpe frémissante,
Toi que l'amour ardent tourmente,
Toi qui frissonnes dans l'attente,
Regarde les cieux éternels!
Là-bas, derrière la colline,
Le large horizon s'illumine,
Elle naît, cette aube divine
Des grands jours promis aux mortels!

Ecoute ce chant qui s'élève!
C'est un chant éclatant d'amour.
Le doute, comme un sombre rêve,

Fuit devant les clartés du jour.
Comme ces femmes en prières,
Qui, dans ses angoisses dernières,
Suivirent Christ et, les premières,
Virent l'ange au front radieux,
Le premier de tous en ce monde,
Regarde, dans la nuit profonde,
Briller sur la terre féconde,
L'espoir qui redescend des cieux!

Trop longtemps, chassé par le doute,
Dans le fond des âpres déserts,
Tu t'es caché loin de la route,
Exhalant tes sanglots amers.
Reviens, inonde de lumière
Tous ceux que la vile matière
Tient courbés sur la vieille terre!
Qu'elle brûle tout œil de chair!
Que dans cette tourbe, échappée
Au Seigneur Dieu, comme l'épée,
Par le feu du ciel retrempée,
Elle entre, comme entre l'éclair!

Les bergers.

Derrière la montagne au flanc stérile et dur
Le soleil s'est couché, sur le vallon obscur
    La nuit jette son voile sombre,
Et les bergers, poussant devant eux leurs troupeaux
S'apprêtent à goûter bientôt le saint repos
    Qui berce chaque être dans l'ombre.

Mais tout à coup près d'eux un ange du seigneur
Apparaît, de son front une blanche lueur
    Rayonne dans la nuit sereine,

Sur leurs genoux tremblants ils tombent éperdus,
A leurs lèvres les mots demeurent suspendus,
Mais l'ange ainsi calme leur peine :

Ne craignez point, je suis le messager divin,
Le Seigneur parmi tous vous choisit de sa main,
Vous, les plus humbles de la terre :
Allez à Bethléem, un sauveur vous est né,
Il n'est pas, comme un roi du monde, couronné,
Mais son front brille de lumière.

Allez, je prendrai soin de vos troupeaux errants,
Ni les fauves chacals ni les loups dévorants
N'y porteront leurs dents cruelles ;
Je veillerai sur eux, quand vous adorerez
L'enfant mystérieux, s'ils errent égarés
Je les couvrirai de mes ailes.

Aussitôt les bergers se mettent en chemin,
Et lorsque, dans les cieux, l'étoile du matin
S'efface devant la lumière,
Bethléem apparaît à leurs yeux étonnés,
Ils entrent, et devant le Sauveur prosternés,
Ils s'agenouillent sur la pierre.

Et l'enfant leur sourit, et le nuage épais
Qui voilait leur esprit se dissipe à jamais,
Et l'incréé les illumine.
Puis ils vont, racontant partout ce qu'ils ont vu,
Et disent que sur terre un sauveur est venu
Pour ramener la paix divine.

O vous qui, les premiers, avez vu le rayon
Et le nimbe de feu qui couronnait le front
De l'ange ouvrant ses blanches ailes,
Et le sourire pur, doux, comme est doux le miel,
De celui qui sur vous fit descendre le ciel
Du haut des sphères éternelles,

Bergers, à tout jamais, au souffle de l'enfant,
La mort a disparu dans la nuit du néant,
Pour vous plus d'éternel mystère,
Le mal vaincu par lui fuit dans l'abîme obscur,
Le voile est déchiré qui vous cachait l'azur,
Comme le linceul de la terre!

Quand, dans la noire nuit, nous errons, ô Seigneur,
Ton ange viendra-t-il, éclatant de lueur,
Nous conduire dans les ténèbres

Près d'un berceau divin, ou sera-ce Azraël
Qui viendra secouer dans l'air de notre ciel
L'éclat de ses torches funèbres ?

Les Martyrs.

Sur leur froide dépouille on a jeté la terre;
Un prêtre a murmuré quelque courte prière;
Aux quatre vents du ciel chacun s'est dispersé.
La nature en ces jours n'a point changé de face;
L'herbe a crû; maintenant à peine on voit la trace
De ceux dont le front est glacé.

Un jour sous un ciel pur qu'inondera ta flamme,
O vierge Liberté, entraînant ceux dont l'âme
Sait conserver aux morts l'éternel souvenir,

Comme au pied d'un tombeau l'austère croyant prie,
Aux tombeaux de ces morts, autels de la patrie,
Prîra la foi de l'avenir !

Mais avant ces grands jours, il faut que le poète,
Proscrit qui va portant dans son âme inquiète
Tous les maux amassés dans les cœurs déchirés,
Lorsque chacun se tait, dise dans la nuit sombre
Ce qu'auront souffert ceux qui traînèrent dans l'ombre
Leur âme et leurs pas égarés.

Dans son exil la fille avait suivi le père;
Le cœur pur de tout autre amour, comme une mère
Qui veille sur l'enfant que son sein a nourri,
Ou bien, comme Marie au pied de la colline,
Elle baignait de pleurs la couronne d'épine
Qui déchirait ce front chéri.

Fleur de ce doux pays qu'un soleil béni dore,
Sous notre ciel de France elle adorait encore
Le souvenir sacré du foyer paternel,
Comme ces fugitifs de l'antique Phrygie,
Qui, portant avec eux les Dieux de la patrie,
Erraient sous le ciel éternel.

Mais à la fin, ses pieds, que la ronce et la pierre
Avaient faits tout sanglants, en marchant sur la terre,
N'ont pu mener plus loin cet ange des douleurs,
Son cœur n'a pu suffire à cette double tâche
D'enfant, de mère, et s'est brisé, sans être lâche,
A force de verser des pleurs.

Et tu l'as vue, ô Dieu, sans pitié, sur sa couche
Expirer! tu n'as pas, quand sortaient de sa bouche
Ces derniers mots : — Mon père! ô Venise! — envoyé
Un de tes anges purs, afin que ce front pâle
Et ses yeux que déjà voilait l'ombre fatale
Revoient le soleil envié!

Ah! si du moins le père eût vécu, si ta vie
Eût racheté ses jours, si l'esclave Italie
Eût chassé ses tyrans, et secoué ses fers,
Sainte et pure victime au tombeau descendue,
Comme le Labarum qui brillait dans la nue,
Tu rayonnerais dans les airs!

Mais non : Manin est mort sur la terre étrangère!
Avant que sa poussière eût rejoint ta poussière,
Le doute s'est assis sur son lit de douleur,

Et les sages du temps, tout pâles de vertige,
Ont cru voir pour toujours le monde, affreux prodige,
    En proie à l'éternel malheur!

O mère de douleur, ô Rachel de notre âge,
Italie! ah! qui donc t'a vouée en partage
Aux malédictions qui pèsent sur ton front?
Lequel de tes césars, dans sa pourpre sanglante,
S'est dressé de sa tombe, et t'a, toute tremblante,
    Livrée en proie au vil affront?

Tu t'étais enivrée à la coupe empestée
Des prostitutions, et, de tous détestée,
Pour avoir bu le sang des peuples abattus,
Durant quinze cents ans, les barbares du monde
Ont souillé ton beau corps de leur étreinte immonde,
    Foulant aux pieds les Dieux vaincus!

Ah! tu l'as trop longtemps expié, ce grand crime!
Qu'il te soit pardonné, pour la blanche victime
Que nous venons de voir expirer sous nos yeux!
Que la vierge sans tache, offerte en sacrifice,
Apaise enfin, Seigneur! l'éternelle justice
    Qui siége par delà tes cieux!

Oui, déjà, dans mon cœur, je le sens, moi, poète,
Car au loin l'on entend, sombre, vague, inquiète,
Une sourde rumeur qui passe par les airs,
Comme, avant que l'orage éclate sur le monde,
Dans les grandes forêts, et sur la mer profonde
Passe un écho lointain d'éclairs!

Ivres de la terreur dont chacun s'environne,
Tous tes rois éperdus portent à leur couronne
Leurs mains pleines du sang pur qu'ils ont fait verser;
Entourés de soldats étrangers, ils pâlissent,
Le sommeil fuit loin d'eux, dans la nuit ils frémissent,
Si quelqu'enfant vient à passer.

Déjà, plus libre qu'eux, bien que traînant tes chaînes,
Dans l'avenir tu vois les batailles prochaines
Et le sang de tes fils étouffant tes bourreaux!
L'espérance t'éclaire, eux errant sans lumière,
Ont l'épouvante au cœur, sentant trembler la terre
A l'approche des jours nouveaux.

Ah! puissent-ils bientôt briller, ces jours de fête!
Ces jours qui, fécondant, comme fait la tempête,
Relèveront ton front vers la terre abattu!

Alors, élève un temple, ô ma sainte Italie!
A l'enfant, à son père, à ceux dont la patrie
    A vu la sublime vertu!

La nuit noire descend ; tout est silencieux.
Rien que le vent plaintif qui gémit dans les cieux
    Ne se fait entendre, c'est l'heure
De veiller méprisant tous les songes menteurs
Qui font, quand nous chantons, s'égarer ces rêveurs
    Que le vain mot d'idéal leurre.

Allons, parons nos fronts de couronnes de fleurs
Ou d'or ; versons à flots du sang avec des pleurs
    Que boira l'insensible terre.

6.

Qu'importe qu'ici-bas tout s'efface à son tour,
Laissons-nous emporter par la haine et l'amour,
C'est là la loi, sombre mystère !

Le ciel est loin de nous, dans l'espace profond
Aucune voix, aucun tonnerre ne nous répond,
Quand nous disons : Dieu, c'est mensonge !
Rien ne s'affirme ici, rien que la loi du fort,
Vivons, sans y penser, en attendant la mort,
Sommeil où l'on n'a point de songe !

Mais tout à coup le vent chasse du ciel obscur
Les nuages glacés, et dans l'immense azur
Brillent les sereines étoiles.
L'incréé radieux éclate et resplendit
Et dans un tourbillon passe une voix qui dit :
Faut-il donc déchirer les voiles ?

Ne suis-je partout, dans la foudre et les vents,
Dans tout ce qui paraît mort ou vie aux vivants,
Dans le saint amour ou la haine ?
Quand vous aimez, quand vous pleurez, quand vient la nuit,
Quand naît le jour, lorsque le silence ou le bruit
Sont vainqueurs, partout mon haleine

Féconde la matière et la création.
Rien ne vit ou ne meurt, sans que mon action
Soit toujours présente, incessante.
Vous passez, mais, moi seul, je demeure toujours.
Sans en sortir, dans moi, toute chose a son cours,
Et rien ici ne représente

Qu'un reflet de moi-même, ou, sans aucun repos,
Comme dans l'Océan les flots suivent les flots,
Apparaît toute créature,
Jusqu'au jour où, rentrant dans l'éternelle paix,
Ceux qui sont restés purs, à la fois, à jamais
Sont essence et lumière pure.

Mais, pour ceux qui n'ont pas dans les rayons du ciel
Entrevu le reflet d'idéal éternel,
L'ombre, l'ombre immense s'avance,
Jamais ils ne verront l'incréé radieux,
Durant l'éternité, leurs oreilles, leurs yeux
Auront la nuit et le silence.

La neige par le vent chassée
Contre la porte est amassée,
Les champs sont blancs, le ciel est noir,
Les loups hurlent dans la campagne.
Viens boire, ô ma vieille compagne !
Le vin parfois redonne espoir.

Tu ne me réponds pas, amie,
Est-ce que tu t'es endormie
En faisant tourner ton rouet?

Allons, réveille-toi, puis chante,
Bien que ta voix soit chevrotante,
Je n'aime pas qu'on soit muet.

Chante-moi cette chanson, femme,
Qui mettait du feu dans mon âme,
Lorsque fleurissait le printemps;
Tu la chantais à la fontaine,
Oh! que cette époque est lointaine!
Tous les deux nous avions vingt ans.

Ah! c'était le bon temps, ma chère,
Non, il n'était pas sur la terre
De plus belle fille que toi.
Et moi, j'étais fort comme un chêne.
Mais l'âge est venu : de sa chaîne
Il étreint mon corps raide et froid.

Nos enfants sont à l'aventure.
Quand la forêt sous sa ramure
Garde ses oiseaux et ses loups,
Pauvres délaissés que nous sommes,
Par nos garçons devenus hommes,
Nul sur terre ne songe à nous.

La neige par le vent chassée
Contre la porte est amassée.
Les champs sont blancs, le ciel est noir,
Les loups hurlent dans la campagne.
Viens boire, ô ma vieille compagne,
Ayons l'oubli, faute d'espoir !

Le vent du nord, dans les prairies,
Emportant les feuilles flétries,
Les éparpille par les airs ;
Le fleuve, à travers la vallée
Par ces grandes eaux désolée,
Va les parsemant sur les mers.

Ainsi, dans la tombe profonde,
En passant sa main sur le monde,

La mort nous jette tous glacés;
Beauté, génie, espoir, jeunesse,
Dans la noire nuit qui nous presse,
Pêle-mêle sont entassés.

Quelques fous, pour marquer leur trace,
Et dire au monde quelle place
Leur néant tint sous l'horizon,
Font écrire un nom que la pluie
Noircit, et qui bientôt s'oublie,
Couvert de sable ou de gazon.

Quand l'homme passe sur la terre,
Lorsque l'ombre de sa poussière
S'efface devant ta splendeur,
Par delà le temps et l'espace,
O lumière que rien n'efface,
Toi seul rayonnes, ô Seigneur !

PARIS. — Typ. Ve LACOUR, rue Soufflot, 18.

www.ingramcontent.com/pod-product-compliance
Ingram Content Group UK Ltd.
Pitfield, Milton Keynes, MK11 3LW, UK
UKHW021212220726
13924UKWH00003B/1473